U0113104

清·蒲松齡著

聊齋志異

八册

黄山書社

封三娘

淄川　蒲松齡　留仙　著
新城　王士正　貽上　評

范十一娘睢城祭酒之女少艷美風雅尤絕父母鍾愛之求聘者輒令自擇女恒少可會上元日水月寺中諸尼作盂蘭盆會是日游女如雲女亦詣之方隨喜間一女子步趨從履望顏色似欲有言審視之二八絕代姝也悅而好之轉用盼注女子微笑曰姊非范十一娘乎

荅曰然女子曰久聞芳名人言果不虛謬十一娘亦審里居女荅言妾封氏第三近在鄰村把袂歡笑辭致溫婉遂大相愛悅依戀不捨十一娘問何無伴侶曰父母早世家中止一老嫗留守門戶故不得來十一娘將歸封凝眸欲涕十一娘亦惘然遂邀過從封曰娘子朱門繡戶妾素無葭莩親慮致譏嫌十一娘固邀之荅俟異日十一娘乃脫金釵一股贈之封亦摘髻上綠簪為報十一娘既歸傾想殊切出所贈簪非金非玉家人都不之識甚異之日望其來悵然遂病父母訊得故使人於

近村諮訪並無知者時値重九十一娘羸頓無聊倩侍兒強扶窺園設褥東籬下忽一女子攀垣來窺覘之則封女也呼曰接我以力侍兒從之驀然遂下十一娘驚喜頓起曳坐褥間責其負約且問所來荅云妾家去此尚遠時來舅家作耍前言近村者緣舅家耳別後懸思頗苦然貧賤者與貴人交足未登門先懷慚怍恐爲婢僕下眼覷是以不果來適經牆外過聞女子語便一攀望冀是娘子今果如願十一娘因述病源封泣下如雨因曰妾來當須祕密造言生事者飛短流長所不堪受

十一娘諾偕歸同榻快與傾懷病尋愈訂爲姊妹衣服履舄輒互易着見人來則隱匿夾幙間積五六月公及夫人頗聞之一日兩人方對奕夫人掩入諦視驚曰眞吾兒友也因謂十一娘閨中有良友我兩人所歡胡不早白十一娘因達封意夫人顧謂三娘伴吾兒極所忻慰何昧之封羞暈滿頰默然拈帶而已夫人去封乃告別十一娘苦留之乃止一夕自門外怱倉皇奔入泣曰我固謂不可留今果遭此大辱驚問之曰適出更衣一少年丈夫橫來相干幸而得逃如此復何面目十一娘

細詰形貌謝曰勿須怪此妹癡兒會告夫人杖責之封
堅辭欲去十一娘請待天曙封曰舅家咫尺但須以梯
度我過牆耳十一娘知不可留使兩婢踰垣送之行半
里許辭謝自去婢返十一娘伏牀悲惋如失伉儷後數
月婢以故至東村暮歸遇封女從老嫗來婢喜拜問封
亦惻惻訊十一娘興居婢捉袂曰三姑過我我家姑姑
盼欲死封曰我亦思妹但不樂使家人知歸啟園門我自
至婢歸告十一娘十一娘喜從其言則封已在園中矣
相見各道間闊綿綿不寐視婢子眠熟乃起移與十一

娘同枕私語曰妾固知妹子未字以才色門地何患無
貴介壻然紈袴兒敖不足數如欲得佳耦請無以貧富
論十一娘然之封曰舊年邂逅處今復作道場明日再
煩一往當令見一如意郎君妾少讀相人書頗不參差
昧爽封即去約俟蘭若十一娘果往封已先在眺覽一
周十一娘便邀同車攜手出門見一秀才年可十七八
布袍不飾而容儀俊偉封潛指曰此翰苑才也十一娘
略覘之封別曰妹子先歸我即繼至入暮果至曰我適
物色甚詳其人即同里孟安仁也十一娘知其貧不以

爲可封曰妹子何亦墮世情哉此人苟長貧賤者余當抉眸子不復相天下士矣十一娘曰且爲奈何曰願得一物持與訂盟十一娘曰姊何草草父母在不遂如何封曰此爲正恐其不遂耳志若堅生死何可奪也十一娘必不可封曰娘子姻緣已動而魔刼未消所以故來報前好耳請即別當以所贈金鳳釵矯命贈之十一娘方謀更商封已出門去時孟生貧而多才意將擇耦故十八猶未聘也是日忽睹兩豔歸涉冥想一更向盡封三娘欵門而入燭之識爲日中所見喜致詰問曰妾封

氏范十一娘之女伴也生大悅不暇細審遽前擁抱封拒曰妾非毛遂乃曹邱生十一娘願締永好請倩冰也生愕然不信封乃以釵示生生喜不自已矢曰勞眷注若此僕不得十一娘寧終鰥耳封遂去生詰旦浼鄰媼詣范夫人夫人貧之竟不商女立便却去十一娘知之心失所望深怨封之悞已也而金釵難返只須以死矢之又數日有某紳子求婚恐不諧浼邑宰作伐時某方居權要范公心畏之以問十一娘不樂母詰之默默不言但有涕淚使人潛告夫人非孟生死不嫁公聞益怒

竟許某紳家儿疑十一娘有私意於生遂涓吉速成禮十一娘忿不食日惟耽臥至親迎之前夕忽起攬鏡自妝夫人竊喜俄侍女奔白小姐自經舉宅驚涕痛悔無及三日遂葬孟生自鄰嫗反命憤恨欲絕然遙遙探訪妄冀復挽察知業有主忿火中燒萬慮俱斷矣未幾聞玉葬香埋愴然悲喪恨不從麗人俱死向晚出門意將乘昏夜一哭十一娘之墓欻有一人來近之則封三娘向生曰喜姻好可就矣生泣然曰卿不知十一娘亡耶封曰我所謂就者正以其亡可急喚家人發塚我有異藥能令蘇生從之發墓破棺復掩其穴生自負尸與三娘俱歸置榻上投以藥踰時而蘇顧見三娘問此何所封指生曰此孟安仁也因告以故始如夢醒封懼漏洩相將去十五里避匿山村封欲辭去十一娘泣留作伴使別院居因貨殉葬之飾用爲資度亦將小有封每遇生來輒走避十一娘從容曰吾姊妹骨肉不啻也然終無百年聚計不如效英皇封曰妾少得異訣吐納可以長生故不願嫁耳十一娘笑曰世傳養生術汗牛充棟行而效者誰也封曰妾所得非世人所知世所傳者並非

眞訣惟華陀五禽圖差爲不妄凡修煉家無非欲血氣流通耳若得厄逆症作虎形立止非其驗耶十一娘陰與生謀使僞爲遠出者入夜强勸以酒既醉生潛入汚之三娘醒曰妹子害我矣倘色戒不破道成當升第一天今墮奸謀命耳乃起告辭十一娘告以誠意而哀謝之封曰實相告我乃狐也緣瞻麗容忽生愛慕如繭自纏遂有今日此乃情魔之刼非關人力再留則魔更生無底止矣娘子福澤正遠珍重自愛言已而逝夫妻驚歎久之逾年生鄉會果捷官翰林投刺謁范公公愧悔不見固請之乃見生入執子壻禮伏拜甚恭公愧怒疑生儇薄生請間具道情事公不深信使人探諸其家方大驚喜陰戒勿宣懼有禍變又二年某紳以關節發覺父子充遼海軍十一娘始歸寧焉

狐夢

余友畢怡庵倜儻不羣豪縱自喜貌豐肥多髭士林知名嘗以故至叔刺史公之别業休憩樓上傳言樓中故多狐畢每讀青鳳傳心輒向往恨不一遇因於樓上攝思凝想既而歸齋日已寖暮時暑月燠熱當戶而寢睡

中有人搖之醒而却視則一婦人年逾不惑而風韻猶存畢驚起問其誰何笑曰我狐也蒙君注念心竊感納畢聞而喜投以嘲謔婦笑曰妾齒加長矣縱人不見惡先自慚沮有小女及笄可侍巾櫛明宵無寓人於室當即來言已而去至夜焚香坐伺婦果攜女至態度嫻婉曠世無匹婦謂女曰畢郎與有宿分即須留止明旦早歸勿貪睡也畢與握手入幃欵欵備至事已笑曰肥郎癡重使人不堪未明即去既夕自來曰姊妹輩將爲我賀新郎明日即屈同去問何所曰大姊作筵主去此不

遠也畢果候之良久不至身漸倦惰纔伏案頭女忽入曰勞君久伺矣乃握手而行奄至一處有大院落直上中堂則見燈燭熒熒燦若星點俄而主人出年近二旬淡妝絕美斂衽稱賀已將踐席婢入曰二娘子至見一女子入年可十八九笑向女曰妹子已破瓜矣新郎頗如意否女以扇擊背白眼視之二娘曰記兒時與妹相撲爲戲妹畏人數脇骨遙呵手指即笑不可耐便怒我謂我當嫁僬僥國小王子我謂婢子他日嫁多髭郎刺破小吻今果然矣大娘笑曰無怪三娘怒詛也新郎在

側直爾憨跳頭之合尊促坐晏笑甚懽忽一少女抱一
貓至年可十一二雛髮未燥而艷媚入骨大娘曰四妹
妹亦要見姊丈耶此無坐處因提抱膝頭取肴果餌之
移時轉置二娘懷中曰壓我脛股酸痛二姊曰婢子許
大身如百鈞重我脆弱不堪既欲見姊夫姊夫故壯偉
肥膝耐坐乃捉置畢懷入懷香耎輕若無人畢抱與同
杯飲大娘曰小婢勿過飲醉失儀容恐爲姊夫所笑少
女孜孜展笑以手弄貓貓戛然鳴大娘曰尚不拋却抱
走蚤蝨矣二娘曰請以貓奴爲令執箸交傳鳴處則飲

衆如其教至畢輒鳴畢故豪飲連舉數觥乃知小女故
故捉令鳴也因大喧笑二姊曰小妹子歸休壓煞郎君
恐三姊怨人小女郎乃抱貓去大姊見畢善飲乃摘髻
子貯酒以勸視髻僅容升許然飲之覺有數斗之多比
乾視之則荷蓋也二娘亦欲相酬畢辭不勝酒二娘出
一口脂合子大如彈丸酌曰既不勝酒聊以示意畢視
之一吸可盡接吸百口更無乾時女在傍以小蓮杯易
合子去曰勿爲奸人所弄置合案上則一巨鉢二娘曰
何預汝事三日郎君便如許親愛耶畢持杯向口立盡

遂起捉手曰君送我行至里許灑涕分手曰彼此有志未必無會期也乃去康熙二十一年臘月十九日畢子與余抵足綽然堂細述其異余曰有狐若此則聊齋之筆墨有光矣遂志之

章阿端

衛輝戚生少年蘊藉有氣敢任時大姓有巨第白晝見鬼死亡相繼願以賤售生廉其直購居之而第濶人稀東院樓亭蒿艾成林亦姑廢置家人夜驚輒相譁以鬼兩月餘喪一婢無何生妻以暮至樓亭既歸得疾數日

斃家人益懼勸生他徙生不聽而塊然無偶憭慄自傷婢僕輩又時以怪異相聒生怒盛氣襆被獨臥荒亭中畱燭以覘其異久之無他亦竟睡去忽有人以手探被反復捫搎生醒視之則一老大婢攣耳蓬頭臃腫無度生知其鬼捉臂推之笑曰尊範不堪承教婢慚斂手蹀躞而去少頃一女郎自西北隅出神情婉妙闖然至燈下怒罵何處狂生居然高臥生起笑曰小生此間之第主候卿討房稅耳遂起裸而捉之女急遁生先趨西北隅阻其歸路女既窮便坐牀上近臨之對燭如仙漸擁

諸懷女笑曰狂生不畏鬼耶將禍爾死生強解襦襦則亦不甚抗拒已而自白妾章氏小字阿端悞適蕩子剛愎不仁橫加折辱憤悒夭逝瘞此二十餘年矣此宅下皆墳冢也問老婢何人曰亦一故鬼從妾服役上有生人居則鬼不安於夜室適令驅君耳問捫搎何爲笑曰此婢三十年未通人道其情可憫然亦太不自諒矣要之餒怯者鬼益侮弄之剛腸者不敢犯也聽鄰鐘響斷着衣下牀曰如不見猜夜當復至入夕果至綢繆益懽生曰室人不幸殂謝感悼不釋於懷卿能爲我致之否女聞之益戚曰妾死二十年誰一致念憶者君誠多情妾當竭力然聞投生有地矣不知尚在冥司否逾夕告生曰娘子將生貴人家以前生失耳環撻婢婢自縊死此案未結以故遲留今尚寄藥王廊下有監守者妾使婢往行賄或將來也生問卿何閒散曰凡枉死鬼不自投見閻摩天子不及知也二皷向盡老婢引生妻而至生執手大悲妻含涕不能言女別去曰兩人可話契濶另夜請相見也生慰問婢死事妻曰無妨結矣上牀偎抱款若生平之歡由此遂以爲常後五日妻忽泣曰明

日將赴山東乖離苦長柰何生聞言揮涕流離哀不自
勝女勸曰妾有一策可得暫聚共收涕詢之女請以錢
紙一提焚南堂杏樹下持賄押生者俾緩時日生從之
至夕妻至曰幸賴端娘今得十日聚生喜禁女勿去留
與連牀暮以暨曉惟恐懽盡過七八日生以限期將滿
夫妻終夜哭問計於女女曰勢難再謀然試爲之非冥
資百萬不可生焚之如數女來喜曰妾使人與押生者
關說初甚難既見多金心始搖今已以他鬼代生矣自
此白日亦不復去令生塞戶牖燈燭不絕如是年餘女

忽病瞀悶懊憹恍惚如見鬼狀妻撫之曰此爲鬼病生
曰端娘已鬼又何鬼之能病妻曰不然人死爲鬼鬼死
爲聻鬼之畏聻猶人之畏鬼也生欲爲聘巫醫曰鬼何
可以人療鄰媼王氏今行術於冥間可往召之然去此
十餘里妾足弱不能行煩君焚芻馬生從之馬方爇即
見女婢牽赤騾授綏庭下轉瞬已杳少間與一老嫗疊
騎而來繫馬廊柱嫗入切女十指既而端坐首僩傈作
態仆地移時蹶而起曰我黑山大王也娘子病大篤幸
遇小神福澤不淺哉此業鬼爲殃不妨不妨但是病有

瘳須厚我供養金百錠錢百貫餘筵一設不得少缺妻一一嗷應嫗又仆而蘇向病者呵叱乃巳既而欲去妻送諸庭外贈之以馬欣然而去入視女郎似稍清醒夫妻大悅撫問之女忽言曰妾恐不得再履人世矣合目輒見寃鬼命也因泣下越宿病益沈殆曲體戰慄若有所睹拉生同臥以首投懷似畏撲捉生一起則驚叫不寧如此六七日夫妻無所爲計會生他出半日而歸聞妻哭聲驚問則端娘巳斃牀上委蛻猶存啟之白骨儼然大慟以生人禮葬於祖墓之側一夜妻夢中嗚咽搖

而問之荅云適夢端娘來言其夫爲聻鬼怒其改節泉下銜恨索命去乞我作道場生早起即將如教妻止之曰度鬼非君所可與力也乃起去踰刻而來曰余巳命人邀僧侶當先焚錢紙作用度生從之日方落僧衆畢集金鐃法鼓一如人世妻每謂其聒耳生殊不聞道場既畢妻又夢端娘來謝言寃巳解矣將生作城隍之女煩爲轉致居三年家人初聞而怛久之漸習生不在則隔窗啟稟一夜向生啼曰前押生者今情弊漏洩按責甚急恐不能久聚矣數日果疾曰情之所鍾本願長死

不樂生也今將永訣得非數乎生皇遽求策曰是不可爲也問受責乎曰薄有所罰然偷生罪大偷死罪小言訖不動細審之面麗形質漸就澌滅矣生每獨宿亭中冀有他遇終亦寂然人心遂安

花姑子

安幼輿陝之拔貢爲人揮霍好義喜放生見獵者獲禽輒不惜重直買釋之會舅家喪葬往助執紼暮歸路經華嶽迷竄山谷中心大恐一矢之外忽見燈火趨投之數武中歘見一叟傴僂曳杖斜徑疾行安停足方欲致問叟先詰誰何安以迷途告且言燈火處必是山村將以投止叟曰此非安樂鄉幸老夫來可從去茅廬可以下榻安大悅從行里許睹小村叟扣荊扉一嫗出啟關曰郎子來耶叟曰諾既入則舍宇湫隘叟挑燈促坐便命隨事具食又謂嫗曰此非他是吾恩主婆子不能行步可喚花姑子來釃酒俄女郎以饌具入立叟側秋波斜眄安視之芳容韶齒殆類天仙叟顧令煨酒房西隅有煤爐女即入房撥火安問此公何人答云老夫章姓七十年止有此女家少婢僕以君非他人遂敢出妻見

子幸勿哂也安問壻家何里荅云尚未安贊其慧麗稱不容口叟方謙挹忽聞女郎驚號叟奔入則酒沸火騰叟乃救止訶曰老大婢濡猛不知耶回首見爐傍有薥心插紫姑未竟又訶曰髮蓬蓬許裁如嬰兒持向安曰貪此生涯致酒沸騰蒙君子獎譽豈不羞死安審諦之眉目袍服製甚精工贊曰近兒戲亦見慧心斟酌移時女頻來行酒嫣然含笑殊不羞濇安注目情動忽聞嫗呼叟便去安覷無人謂女曰睹仙容使我魂失欲通媒妁恐其不遂如何女把壺向火默若不聞屢問不對生

漸入室女起厲色曰狂郎入闥將何爲生長跽哀之女奪門欲出安暴起要遮狎接臄亟女顫聲疾呼叟怱遽入門安釋手而出殊切愧懼女從容向父曰酒復湧沸非郎君來壺子融化矣安聞女言心始安妥益德之魂魄顛倒喪所懷來於是偽醉離席女亦遂去叟設裀褥闔扉乃出安不寐未曙呼別至家即浼交好者造廬求聘終日而返竟莫得其里居安遂命僕馬尋途自往至則絕壁巉巖竟無村落訪諸近里則此姓絕少失望而歸並忘食寢由此得昏瞀之疾强啖湯粥則喠咯欲吐

憒亂中輒呼花姑子家人不解但終夜環伺之氣勢阽危一夜守者困怠並寐生矇瞳中覺有人揣而抚之畧開眸則花姑子立牀下不覺神氣清醒熟視女郎潸潸涕墮女傾頭笑曰癡兒何至此耶乃登榻坐安股上以兩手爲按太陽穴安覺腦麝奇香穿鼻沁骨按數刻忽覺汗滿天庭漸達肢體小語曰室中多人我不便住三日當復相望又於繡袪中出數蒸餅置牀頭悄然遂去安至中夜汗已思食捫餅啗之不知所苞何料甘美非常遂盡三枚又以衣覆餘餅懵騰酣睡辰分始醒如釋

重負三日餅盡精神倍爽乃遣散家人又慮女來不得其門而入潛出齋庭悉脫扃鍵未幾女果至笑曰癡郎子不謝巫耶安喜極抱與綢繆恩愛甚至已而曰妾冒險蒙垢所以故來報重恩耳實不能永諧琴瑟幸早別圖安默默良久乃問曰素昧生平何處與卿家有舊實所不憶女不言但云君自思之生固求永好女曰屢屢夜奔固不可常諧伉儷亦不能安聞言邑邑而悲女曰必欲相諧明宵請臨妾家安乃收悲以忻問曰道路遼遠卿纖纖之步何遂能來曰妾固未歸東頭聾媼我姨

行爲君故淹留至今家中恐所疑怪安與同寢但覺氣息肌膚無處不香問曰熏何薌澤致侵膚骨女曰妾生來便爾非由熏飾安益奇之女早起言別安慮迷途女約相候於路安抵暮馳去女果伺待偕至舊所叟媼歡逆酒肴無佳品雜具藜藿既而請客安寢女子殊不瞻顧頗涉疑念更既深女始至曰父母絮絮不寢致勞久待浹洽終夜謂安曰此宵之會乃百年之別安驚問之答曰父以小村孤寂故將遠徙與君好合盡此夜耳安不忍釋俯仰悲愴依戀之間夜色漸曙叟忽闖然入罵曰婢子玷我清門使人愧怍欲死女失色草草奔去叟亦出且行且詈安驚孱遌怯無以自容潛奔而歸數日徘徊心景殆不可過因思夜往踰牆以觀其便叟固言有恩即令事洩當無大譴遂乘夜竄往蹀躞山中迷悶不知所往大懼方覓歸途見谷中隱有舍宇喜詣之則閈閎高壯似是世家重門尚未扃也安向門者詢章氏之居有青衣人出問昏夜何人詢章氏安曰是吾親好偶迷居向青衣曰男子無問章也此是渠妗家花姑即今在此容傳白之入未幾即出邀安纔登廊舍花姑趨

出迎謂青衣曰安郎奔波中夜想已困殆可伺牀寢少間攜手入幃安問家何別無人女曰妗他出留妾代守幸與郎遇豈非夙緣然偎傍之際覺甚羶腥心疑有異女抱安頸遽以舌舐鼻孔徹腦如刺安駭絕急欲逃脫而身若巨綆之縛少時惛然不覺矣安不歸家中逐者窮人跡或言暮遇於山徑者家人入山則見裸死危崖下驚怪莫察其由舁歸衆方聚哭一女郎來弔自門外嗷啕而入撫尸捺鼻涕泗滂沱呼曰天乎天乎何愚冥至此痛哭聲嘶移時乃已告家人曰停一七勿殮也衆不知何人方將啟問女傲不爲禮含涕逕出留之不顧尾其後轉眸已渺羣疑爲神謹遵所教夜又來哭如昨至七夜安忽甦反側以呻家人盡駭女子入相向嗚咽安舉手揮衆令去女取山草一束燂湯升許即牀頭進之頃刻能言歎曰再殺之惟卿再生之亦惟卿矣因述所遇女曰此蛇精冒妾也前迷道時所見燈光即是物也安曰卿何能起死人而肉白骨也勿乃仙乎曰久欲言之恐致驚怪君五年前曾於華山道上買獵麞而放之否曰然其有之曰是即妾父也前言大德蓋以此故

君前日已生西村王主政家妾與父訟諸閻摩王閻摩王弗善也父願壞道代郎死哀之七日始得當今之遘逅幸耳然君雖生必且痿痺不仁得蛇血合酒飲之病乃可除生銜恨切齒而慮其無術可以擒之女曰不難但多殘生命累我百年不得飛升其穴在老崖中可於晡時聚茅焚之外以強弩戒備妖物可得言已別曰妾不能終事實所哀慘然爲君故業行已損其七幸憫宥也月來覺腹中微動恐是孽根男與女歲後當相寄耳流涕而去安經宿覺腰下盡死爬抓無所痛癢乃以女

言告家人家人往如其言熾火穴中有巨白蛇衝燄而出數弩齊發射殺之火熄入洞蛇大小數百頭皆焦臭家人歸以蛇血進安服三日兩股漸能轉側半年始起後獨行谷中遇老媼以繃席抱嬰兒授之曰吾女致意郎君方欲問訊瞥不復見啟襁視之男也抱歸竟不復娶

異史氏曰人之所以異於禽獸者幾希此非定論也蒙恩銜結至於沒齒則人有慚於禽獸者矣至於花姑始而寄慧於憨終而寄情於恝乃知憨者慧之極恝者情

之至也仙乎仙乎

西湖主

陳生弼教字明允燕人也家貧從副將軍賈綰作記室泊舟洞庭適豬婆龍浮水面賈射之中背有魚銜龍尾不去並獲之鎖置桅間奄存氣息而龍吻張翕似求援拯生惻然心動請於賈而釋之攜有金創藥戲敷患處縱之水中浮沉踰刻而沒後年餘生北歸復經洞庭大風覆舟幸扳一竹簏漂泊終夜挂木而止援岸方升有浮尸繼至則其僮僕力引出之已就斃矣慘怛無聊對

坐憩息但見小山聳翠細柳搖青行人絕少無可問途自遲明以及辰後悵悵靡之忽僮僕之體微動喜而捫之無何嘔水數斗醒然頓蘇相與曝衣石上近午始燥可着而枵腸轆轆饑不可堪於是越山疾行冀有村落纔至半山聞鳴鏑聲方疑聽間有二女郎乘駿馬來騁如撒菽各以紅綃抹額髻插雉尾着小袖紫衣腰束綠錦一挾彈一臂青鞲度過嶺頭則數十騎獵於榛莽並皆姝麗裝束若一生不敢前有男子步馳似是馭卒因就問之答曰此西湖主獵首山也生述所來且告之餒

馭卒解裹糧授之囑曰宜即遠避犯駕當死生懼疾趨下山茂林中隱有殿閣謂是蘭若近臨之粉垣圍沓溪水橫流朱門半啟石橋通焉攀扉一望則臺榭環雲擬於上苑又疑是貴家園亭逡巡而入橫藤礙路香花撲人過數折曲欄又是別一院宇垂楊數十株高拂朱簷山鳥一鳴則花片齊飛深苑微風則榆錢自落怡目快心殆非人世穿過小亭有鞦韆一架上與雲齊而罥索沉沉杳無人跡因疑地近閨閤恇怯未敢入俄聞馬騰於門似有女子笑語生與僮潛伏叢花中未幾笑聲漸

近聞一女子曰今日獵興不佳獲禽絕少又一女曰非是公主射得鴈落幾空勞僕馬也無何紅裝數輩擁一女郎至亭上坐禿袖戎裝年可十四五鬟低斂霧腰細驚風玉蕤瓊英未足方喻諸女子獻茗熏香燦如堆錦移時女起歷階而下一女曰公主鞍馬勞頓尚能鞦韆否公主笑諾遂有駕肩者捉臂者褰裙者持履者挽扶而上公主舒皓腕躡利屣輕如飛燕蹴入雲霄已而扶下羣曰公主眞仙人也嘻笑而去生睨良久神魂飛揚迨人聲既寂出詣鞦韆架下徘徊凝想見籬下有紅巾

知爲羣美所遺喜納袖中登其亭見案上設有文具遂題巾曰雅戲何人擬半仙分明瓊女散金蓮廣寒隊裏應相妒莫信凌波便上天題已吟誦而出復尋故徑則重門扃錮矣踟躕罔計反而樓閣亭臺涉歷幾盡一女掩入驚問何得來此生揖之曰失路之人幸垂救焉女問拾得紅巾否生曰有之然已玷染如何因出之女大驚曰汝死無所矣此公主所常御塗鴉若此何能爲地生失色哀求脫免女曰竊窺宮儀罪已不赦念汝儒冠蘊藉欲以私意相全今孽乃自作將何爲計遂皇皇持巾去生心悸肌慄恨無翅翎惟延頸俟死良久女復來潛賀曰子有生望矣公主看巾三四徧囅然無怒容或當放君去宜姑耐守勿得攀樹鑽垣發覺不宥矣日已投暮凶祥不能自必而餓餤中燒憂煎欲死無何女子挑燈至一婢提壺榼出酒食餉生生急問消息女云適我乘間言園中秀才可恕則放之不然餓且死公主沉思云深夜教渠何之遂命餽君食此非惡耗也生徊徨終夜危不自安辰刻向盡女子又餉之生哀求緩頰女曰公主不言殺亦不言放我輩下人何敢屑屑瀆告既

而斜日西轉眺望不已忽女子坌息急奔而入曰殆矣多言者洩其事於王妃妃展巾抵地大罵狂傖禍不遠矣生大驚面如灰土長跽請教忽聞人語紛拏女搖手避去數人持索洶洶入戶內一婢熟視曰將謂何人陳郎耶遂止持索者曰且勿且勿待白王妃來返身急去少間來曰王妃請陳郎入生戰惕從之經數十門至一宮殿碧箔銀鉤即有美姬揭簾唱陳郎至上一麗者袍服炫冶生伏地稽首曰萬里孤臣幸恕生命妃急起自曳之曰我非君子無以有今日婢輩無知致迕佳客罪

何可贖即設華筵酌以鏤杯生茫然不解其故妃曰再造之恩恨無所報息女蒙題巾之愛當是天緣今夕即遣奉侍生意出非望神惝恍而無着日方暮一婢前曰公主已嚴妝訖遂引生就帳忽而笙管敖曹階上悉踐花罽門堂藩溷處處皆籠燭數十妖姬扶公主交拜麝香之氣充溢殿庭既而相將入幃兩相傾愛生曰羈旅之臣生平不省拜侍點汚芳巾得免斧鑕幸矣反賜姻好實非所望公主曰妾母湖君妃子乃江陽王女舊歲歸寧偶游湖上爲流矢所中蒙君脫免又賜刀圭之藥

一門藏佩常不去心郎勿以非類見疑妾從龍君得長生訣願與郎共之生乃悟爲神人因問婢子何以相識曰爾日洞庭舟上曾有小魚銜尾即此婢也又問旣不見誅何遲遲不賜縱脫笑曰實憐君才但不自主顛倒終夜他人不及知也生歎曰卿我鮑叔也餽食者誰曰阿念亦妾心腹生曰何以報德笑曰侍君有日徐圖塞責未晚耳問大王何在曰從關聖征蚩尤未歸居數日生慮家中無耗懸念綦切乃先以平安書遣僕歸家中聞洞庭舟覆妻子縗絰已年餘矣僕歸始知不死而音

問梗塞終恐漂泊難返又半載生忽至裘馬甚都囊中寶玉充盈由此富有巨萬聲色豪奢世家所不能及七八年間生子五人日日宴集賓客宮室飲饌之奉窮極豐盛或問所遇言之無少諱有童稚之交梁子俊者宦游南服十餘年歸過洞庭見一畫舫雕檻朱窗笙歌幽細緩蕩烟波時有美人推窗凭眺梁目注舫中見一少年丈夫科頭疊股其上傍有二八姝麗挼莎交摩念必楚襄貴官而騶從殊少凝眸審諦則陳明允也不覺憑欄酣叫生聞呼罷棹出臨鷁首邀梁過舟見殘肴滿案

酒霧猶濃生立命撤去頃之美婢三五進酒烹茗山海珍錯目所未睹梁驚曰十年不見何富貴一至於此笑曰君小覷窮措大不能發迹耶問適共飲何人曰山荆耳梁又異之問攜家何往答將西渡梁欲再詰生遽命歌以侑酒一言甫畢旱雷聒耳肉竹嘈雜不復可聞言笑梁見佳麗滿前乘醉大言曰明允公能令我眞箇銷魂否生笑曰足下醉矣然有一美妾之貲可贈故人遂命侍兒進明珠一顆曰綠珠不難購明我非吝惜乃趣別曰小事忙迫不及與故人久聚送梁歸舟開纜逕去

梁歸探諸其家則生方與客飲益疑因問昨在洞庭何歸之速荅曰無之梁乃追述所見一座盡駭生笑曰君悞矣僕豈有分身術耶衆異之而究莫解其故後八十一歲而終迨殯訝其棺輕開之則空棺耳

異史氏曰竹簏不沉紅巾題句此其中具有鬼神而要皆惻隱之一念所通也迨宮室妻妾一身而兩享其奉即又不可解矣昔有願嬌妻美妾貴子賢孫而兼長生不死者僅得其半耳豈仙人中亦有汾陽季倫耶

伍秋月

秦郵王鼎字仙湖爲人慷慨有力廣交遊年十八娶妻殞每遠遊恒經歲不返兄鼐江北名士友于甚篤勸弟勿遊將爲擇偶生不聽命舟抵鎭江訪友友他出因稅居於逆旅閣上江水澄波金山在目心甚快之次日友人來請生移居辭不去居半月餘夜夢女郎年可十四五容華端妙上牀與合既寤而遺頗怪之亦以爲偶入夜又夢之如是三四夜心大異不敢息燭身雖偃卧惕然自驚纔交睫夢女復來方狎忽自驚寤急開目則少女如仙儼然猶在抱也見生醒頗自愧怯生雖知非人

意亦甚得無暇問訊直與馳驟女若不堪曰狂暴如此無怪人亦不敢明告也生始詰之荅云妾伍氏秋月先父名儒邃於易數常珍愛妾但言不永壽故不許字人後十五歲果夭殂即攢瘞閣東令與地平亦無冢誌惟立片石於棺側曰女秋月葬無冢三十年嫁王鼎今已三十年君適至心喜亟欲自薦寸心羞怯故假之夢寐耳王亦喜復求訖事曰妾少須陽氣欲求復生實不禁此風雨後日好合無限何必今宵遂起而去次日復至對坐笑謔懽若生平滅燭登牀無異生人但女既起則

遺波淋離沾染茵褥一夕明月瑩澈少步庭中問女冥中亦有城郭否荅曰等耳冥間城府不在此處去此可三四里但以夜爲晝問生人能見之否荅云亦可生請往觀女諾之乘月去女飄忽若風王極力追隨欻至一處女言不遠矣王瞻望殊罔所見女以唾塗其兩眦啟之明倍於常視夜色不殊白晝頓見雉堞在杳靄中路上行人如趨墟市俄二皂縶三四人過末一人怪類其兄趨近之果兄駭問兄那得來兄見生潸然零涕言自不知何事强被拘囚王怒曰我兄秉禮君子何至縲絏

如此便請二皂幸且寬釋皂不肯殊大傲睨生恚欲與爭兄止之曰此是官命亦合奉法但余乏用度索賄良苦弟歸宜措置生把兄臂哭失聲皂怒猛掣項索兄頓顛躓生見之忿火塡胸不能制止卽解佩刀立決皂首一皂喊嘶生又決之女大驚曰殺官使罪不宥遲則禍及請卽覓舟北發歸家勿摘提旛杜門絕出入七日保無慮也王乃挽兄夜買小舟火急北渡歸見弔客在門知兄果死閉門下鑰始入視兄已渺入室則亡者已蘇便呼餓死矣可急備湯餅時死已二日家人盡駭生乃

備言其故七日啟關去喪旐人始知其復甦親友集問但僞對之轉思秋月想念頗煩遂復南下至舊閣秉燭久待女竟不至朦朧欲寢見一婦人來曰秋月娘子致意郎君前以公役被殺凶犯逃亡捉得娘子去見在監押押役遇之虐日日盼郎君當謀作經紀王悲憤便從婦去至一城都入西郭指一門曰小娘子暫寄此間王入見房舍頗繁寄頓囚犯甚多並無秋月又進一小扉斗室中有燈火王近窗以窺則秋月坐榻上掩袖嗚泣二役在側撮頤捉履引以嘲戲女啼益急一役挽頸曰

旣爲罪犯尚守貞耶王怒不暇語持刀直入一役一刀摧斬如麻篡取女郎而出幸無覺者裁至旅舍驀然即醒方怪幻夢之凶見秋月含睇而立生驚起曳坐告之以夢女曰眞也非夢也生驚曰且爲奈何女歎曰此有定數妾待月盡始是生期今已如此急何能待當速發瘞處載妾同歸日頻喚妾名三日可活但未滿時日骨耎足弱不能爲君任井臼耳言已草草欲出又返身曰妾幾忘之冥追若何生時父傳我符書言三十年後可佩夫婦乃索筆疾書兩符曰一君自佩一粘妾背送之

出志其沒處掘尺許即見棺木亦已敗腐側有小碑果如女言發棺視之女顏色如生抱入房中衣裳隨風盡化粘符已以被褥嚴裹負至江濱呼攏泊舟僞言妹急病將送歸其家幸南風大競甫曉已達里門抱女安置始告兄嫂一家驚顧亦莫敢直言其惑生啟衾長呼秋月夜輒擁尸而寢日漸溫煖三日竟蘇七日能步更衣拜嫂盈盈然神仙不殊但十步之外須人而行不則隨風搖曳屢欲傾側見者以爲身有此病轉更增媚每勸生曰君罪孽太深宜積德誦經以懺之不然春秋恐不永也生素不信佛至此皈依甚虔後亦無恙

異史氏曰余欲上言定律凡殺公役者罪減平人三等蓋此輩無有不可殺者也故能誅鋤蠹役者即爲循良即稍苛之不可謂虐况冥中原無定法倘有惡人刀鋸鼎鑊不以爲酷若人心之所快即冥王之所善也豈罪致冥追遂可倖而逃哉

蓮花公主

膠州竇旭字曉暉方晝寢見一褐衣人立榻前逡巡惶顧似欲有言生問之荅云相公奉屈相公何人曰近在

鄰境從之而出轉過牆屋導至一處疊閣重樓萬椽相接曲折而行覺萬戸千門迥非人世又見宮人女官往來甚夥都向褐衣人問曰竇郎來乎褐衣人諾俄一貴官出迎見甚恭既登堂生啟問曰素既不敘遂疎參謁過蒙愛接頗注疑念貴官曰寡君以先生清族世德傾風結慕深願思晤為生益駭問王何人荅云少間自悉無何二女官至以雙旌導生行入重門見殿上一王者見生入降階而迎執賓主禮禮已踐席列筵豐盛仰視殿上一扁曰桂府生跼蹙不能致辭王曰忝近芳鄰緣

即至深便當暢懷勿致疑畏生唯唯酒數行笙歌作於下鉦鼓不鳴音聲幽細稍間王忽左右顧曰朕一言煩卿等屬對才人登桂府四座方思生即應云君子愛蓮花王曰蓮花乃公主小字何適合如此寧非夙分傳語公主不可不出一晤君子移時珮環聲近蘭麝香濃則公主至矣年十六七妙好無雙王命向生展拜曰此即蓮花小女也拜已而去生睹之神情搖動木坐凝思王舉觴勸飲目竟罔睹王似微察其意乃曰息女宜相匹敵但自慚不類如何生悵然若癡即又不聞近坐者躡

之曰王揖君未見耶生言君未聞耶生茫乎若失憮懼自慚離席曰臣蒙優渥不覺過醉儀節失次幸能寬宥然日旰君勤即告出也王起曰既見君子實愜心好何倉卒而便言離也卿既不住亦無敢於强若煩縈念更當再邀遂命內官導之出途中內官語生曰適王謂可匹敵似欲附爲婚姻何默不一言生頓足而悔步步追恨遂已至家忽然醒寤則返照已殘冥坐觀想歷歷在目晚齋滅燭冀舊夢可以復尋而邯鄲路渺悔歎而已

一夕與友人共榻忽見前內官來傳王命相召生喜從

去見王伏謁王曳起延止隅坐曰別來知勞思眷謬以小女子奉裳衣想不過嫌也生即拜謝王命學士大臣陪侍宴飲酒闌宮人前曰公主妝竟俄見數十宮女擁公主出以紅錦覆首凌波微步挽上氍毹與生交拜成禮已而送歸館舍洞房溫清窮極芳膩生曰有卿在目眞使人樂而忘死但恐今日之遭乃是夢耳公主掩口曰明明妾與君那得是夢詰旦方起戲爲公主勻鉛黃已而以帶圍腰布指度足公主笑問君顛耶曰臣屢爲夢悞故細志之倘是夢時亦足動懸想耳調笑未已一

宮女馳入曰妖入宮門王避偏殿凶禍不遠矣生大驚趨見王王執手泣曰君子不棄方圖永好詎期孽降自天國祚將覆且復柰何生驚問何說王以案上一章授生啟讀章云含香殿大學士臣黑翼爲非常妖異祈早遷都以存國脈事據黃門報稱自五月初六日來一千丈巨蟒盤踞宮外吞食內外臣民一萬三千八百餘口所過宮殿盡成丘墟等因臣奮勇前窺確見妖蟒頭如山岳目等江海昂首則殿閣齊吞伸腰則樓垣盡覆眞千古未見之凶萬代不遭之禍社稷宗廟危在旦夕乞

皇上早率宮眷速遷樂土云云生覽畢面如灰土即有宮人奔奏妖物至矣闔殿哀呼慘無天日王倉遽不知所爲但泣顧曰小女已累先生生坌息而返公主方與左右抱首哀鳴見生入牽衿曰郎焉置妾生愴惻欲絕乃捉腕思曰小生貧賤慚無金屋有茅廬三數間姑同竄匿可乎公主含涕曰急何能擇乞攜速往生乃挽扶而出未幾至家公主曰此大安宅勝故國多矣然妾從君來父母何依請別築一舍當舉國相從生難之公主號咷曰不能急人之急安用郎也生略慰解即已入室

公主伏牀悲啼不可勸止焦思無術頓然而醒始知夢也而耳畔啼聲嚶嚶未絕審聽之殊非人聲乃蜂子二三頭飛鳴枕上大叫怪事友人詰之乃以夢告友人亦詫爲異共起視蜂依依裳袂間拂之不去友人勸爲營巢生如所請督工構造方竪兩堵而羣蜂自牆外來絡繹如織頂尖未合飛集盈斗跡所由來則鄰翁之舊圃也圃中蜂一房三十餘年矣生息頗繁或以生事告翁翁覘之蜂戸寂然發其壁則蛇據其中長丈許捉而殺之乃知巨蟒卽此物也蜂入生家滋息更盛

綠衣女

于生名璟字小宋益都人讀書醴泉寺方夜披誦忽一女子在窗外贊曰于相公勤讀哉于驚起視之綠衣長裙婉妙無比于知非人固詰里居女曰君視妾當非能咋噬者何勞窮問于心好之遂與寢處羅襦旣解腰細殆不盈掬更籌方盡翩然遂去由此無夕不至一夕共酌談吐間妙解音律于曰卿聲嬌細倘度一曲必能消魂女笑曰不敢度曲恐消君魂耳于固請之曰妾非吝惜恐他人所聞君必欲之請便獻醜但只微聲示意可

耳遂以蓮鉤輕點倚牀歌云樹上烏臼鳥賺奴中夜散不怨繡鞋溼祗恐郎無伴聲細如蠅裁可辨認而靜聽之宛轉滑烈動耳搖心歌已啟門窺曰防窗外有人遶屋周視乃入生曰卿何疑懼之深笑曰諺云偷生鬼子常畏人妾之謂矣既而就寢惕然不喜曰生平之分殆止此乎于急問之女曰妾心動妾祿盡矣于慰之曰心動眼瞤蓋是常也何遽云此女稍懌復相綢繆更漏既歇披衣下榻方將啟關徘徊復返曰不知何故只是心怯乞送我出門于果起送諸門外女曰君竚望我

我踰垣去君方歸于曰諾視女轉過房廊寂不復見方欲歸寢聞女號救甚急于奔往四顧無跡聲在檐間舉首細視則一蛛大如彈摶捉一物哀鳴聲嘶于破網挑下去其縛纏則一綠蜂奄然將斃矣捉歸室中置案頭停蘇移時始能行步徐登硯池自以身投墨汁出伏几上走作謝字頻展雙翼已乃穿窗而去自此遂絕

荷花三娘子

湖州宗湘若士人也秋日巡視田壠見禾稼茂密處振搖甚動疑之越陌往覘則有男女野合一笑將返即見

男子靦然結帶草草遂去女子亦起細審之雅甚娟好
心悅之欲就綢繆實慚鄙惡乃畧近拂拭曰桑中之遊
樂乎女笑不語宗近身啟衣膚膩如脂於是挼莎上下
幾徧女笑曰腐秀才要如何便如何耳狂探何爲詰其
姓氏曰春風一度卽別東西何勞審究豈將畱名字作
貞坊耶宗曰野田草露中乃村牧豬奴所爲我不習慣
以卿麗質卽私約亦當自重何至屑屑如此女聞言極
意嘉納宗言荒齋不遠請過畱連女曰出門巳久恐人
見疑夜分可耳問宗門戶物誌甚悉乃趨斜徑疾行而

去更初果至宗齋殢雨尤雲備極親愛積有月日密無
知者會一番僧卓錫村寺見宗驚曰君身有邪氣曾何
所遇荅言無之過數日悄然忽病女每夕攜佳果餌之
殷勤撫問如夫妻之好然臥後必強宗與合宗抱病頗
不耐之心疑其非人而亦無術絕使去因曰曩和尚謂
妖惑我今果病其言驗矣明日屈之來便求符咒女慘
然變色宗益疑之次日遣人以情告僧僧曰此狐也其
技尚淺易就束縛乃書符二道付囑曰歸以淨壜一事
置榻前卽以一符貼壜口待狐竄入急覆以盆再以一

符粘盆上投釜湯煮之可斃家人歸如僧教夜深女始至探袖出金橘方將就榻問訊忽壜口飀飀一聲女已吸入家人暴起覆口貼符方欲就煮宗見金橘散滿地上追念情好愴然感動遽命釋之揭符去覆女子自壜中出狼狽頗殆稽首曰大道將成一旦幾爲灰土君仁人也誓必相報遂去數日宗益沉緜家人趨市爲購材木途中遇一女子問曰汝是宗湘若紀綱否荅云是女曰宗郎是我表兄聞病沉篤將往省視適有故不得去靈藥一裹勞寄致之家人受歸宗念中表迄無姊妹知

是狐報服其藥果大瘳旬日平復心德之禱諸虛空願一再覯一夜閉戶獨酌忽聞彈指敲窗拔關出視則狐女也大悅把手稱謝延止共飲女曰別來耿耿思無以報高厚今爲若覓一良匹聊足塞責否宗問何人曰非君所知明日辰刻早赴南湖如見有采菱女着冰縠帔者當急舟趁之苟迷所往即視堤邊有短幹蓮花隱葉底便采歸以蠟火爇其蒂當得美婦兼致修齡宗謹受教旣而告別宗固挽之女曰自遭危刼頓悟大道卽柰何以衾裯之愛取人讎怨厲色辭去宗如言至南湖見

荷蕩佳麗頗多中一垂髫人衣冰縠絕代也促舟劘逼忽迷所往即撥荷叢果有紅蓮一枝幹不盈尺折之而歸入門置几上削蠟於旁將以爇火一回頭化爲姝麗宗驚喜伏拜女曰癡生我是妖狐將爲君祟宗不聽女曰誰教子者荅曰小生自能識卿何待教也捉臂牽之隨手而下化爲怪石高尺許面面玲瓏乃攜供案上焚香再拜而祝之入夜杜門塞竇惟恐其去平旦視之卽又非石紗帔一襲遙聞薌澤展視領襟猶存餘膩宗覆衾擁之而臥暮起挑燈旣返則垂髫人在枕上喜極恐

其復化裒祝而後就之女笑曰孽障哉不知何人饒舌遂教風狂兒屑碎死乃不復拒而款洽間若不勝任屢乞休止宗不聽女曰如此我便化去宗懼而罷由是兩情甚諧而金帛常盈箱篋亦不知所自來女見人喏喏似口不能道辭生亦諱言其異懷孕十餘月計日當產入室囑宗杜門禁款者自乃以刀剖臍下取子出令宗裂帛束之過宿而愈又六七年謂宗曰夙業償滿請告別也宗聞泣下曰卿歸我時貧苦不自立賴卿小阜何忍遽言離逷且卿又無邦族他日兒不知母亦一恨事

女亦悵惘曰聚必有散固是常也兒福相君亦期頤更何求妾本何氏倘蒙恩眷抱妾舊物而呼曰荷花三娘子當有見耳言已解脫曰我去矣驚顧間飛去已高於頂宗躍起急曳之捉得履履脫及地化爲石燕色紅於丹朱內外瑩澈若水精然拾而藏之撿視箱中初來時所著冰縠帔尚在每一憶念抱呼三娘子則宛然女郎懽容笑黛並肖生平但不語耳

友人云花如解語還多事石不能言最可人放翁佳句可爲此寫照

金生色

金生色晉寧人也娶同村木姓女生一子方周歲金忽病自分必死謂妻曰我死子必嫁勿守也妻聞之甘辭厚誓期以死守金搖手呼母曰我死勞看阿保勿令守也母哭應之既而金果死木媪來弔哭已謂金母曰天降凶憂壻遽遭夭折女太幼弱將何爲計母悲悼中聞媪言不勝憤激盛氣對曰必以守媪慚而罷夜伴女寢私謂曰人盡夫也以兒好手足何患無良匹小兒女不早作人家耽耽守此襁褓物寧非癡乎倘必令守不宜

以面目好相向金母適聞頗聞餘語益恚明日謂媼曰亡
人有遺囑本不教婦守也今既急不能待乃必以守媼
怒而去母夜夢子來涕泣相勸心異之使人言於木約
殯後聽婦所適而詢諸術家本年墓向不利婦思自衒
以售縗絰之中不忘塗澤居家猶素妝一歸寧則嶄然
新艷母知之心弗善也以其將爲他人婦亦隱忍之於
是婦益肆村中有無賴子董貴者見而好之以金啗鄰
嫗求通慇勤於婦夜分由嫗家踰垣以達婦所因與會
合往來積有旬日醜聲四塞所不知者惟母耳婦室夜

惟一小婢婦腹心也一夕兩情方洽聞棺木震響聲如
爆竹婢在外榻見亡者自幃後出帶劍入寢室去俄聞
二人駭詫聲少頃董裸奔出無何金捽婦髮亦出婦大
嗥母驚起見婦赤體走去方將啟關問之不答出門追
視寂不聞聲竟迷所往入婦室燈火猶亮見男子履呼
婢婢始戰惕而出具言其異相與駭怪而已董竄過鄰
家團伏牆隅移時聞人聲漸息始起身無寸縷苦寒甚
戰將假衣於嫗視院中一室雙扉虛掩因而暫入暗摸
榻上觸女子足知爲鄰子婦頓生淫心乘其寢潛就私

之婦醒問汝來乎應曰諾婦竟不疑狎褻備至先是鄰子以故赴北村囑妻掩戶以待其歸既返聞室內有聲疑而審聽音態絕褻大怒操戈入室董懼竄於牀下子就戮之又欲殺妻妻泣而告以誤乃釋之但不能解牀下何人呼母起共火之僅能辨認視之奄有氣息詰其所來猶自供吐而刃傷數處血溢不止少頃已絕嫗倉皇失措謂子曰捉奸而單戮之子且柰何子不得已遂又殺妻是夜木翁方寢聞戶外拉雜之聲出窺則火熾於簷而縱火人猶徬徨未去翁大呼家人畢集幸火初燃尚易撲滅命人操兵弩逐搜縱火者見一人趫捷如猿竟越垣去垣外乃翁家桃園園中四繚周墉皆峻固數人梯登以望蹤跡殊杳惟牆下塊然微動問之不應射之而耎啟扉往驗則女子白身臥矢貫胸腦細燭之則翁女而金婦也駭告主人翁媼驚怛欲絕不解其故女合眸面色灰敗口氣細於屬絲使人拔腦矢不可出足踏頂項而後出之女嚶然一呻血暴注氣亦遂絕翁大懼計無所出既曙以實情白金母長跪哀乞而金母殊不怨怒但告以故令自營葬金有叔兄生光怒登翁

門詬數前非翁慚沮賂令能歸而終不知婦所私者何名俄鄰子以執奸自首旣薄責逐釋訖而婦兄馬彪素健訟具辭控妹寃官拘媼媼懼悉供顛末又喚金母母托疾遣生光代質具陳底裏於是前覆並發牽木翁夫婦盡出一切廉得其情木以誨女嫁坐縱婬笞使自贖家産蕩然鄰媼導淫杖之斃案乃結

異史氏曰金氏子其神乎諄囑醮婦抑何明也一人不殺而諸恨並雪可不謂神乎鄰媼誘人婦而返淫巳婦木媪愛女而卒以殺女嗚呼欲知後日因當前作者是

報吏速於來生矣

彭海秋

萊州諸生彭好古讀書別業離家頗遠中秋未歸岑寂無偶念村中無可共語惟邱生者是邑名士而素有隱惡彭常鄙之月旣上倍益無聊不得巳折簡邀邱飲次有剝啄者齋僮出應門則一書生將謁主人彭離席肅客入相揖環坐便詢族居客曰小生廣陵人與君同姓字海秋值此良夜旅邸倍苦聞君高雅遂乃不介而見視其人布衣潔整談笑風流彭大喜曰是我宗人今夕

何夕遘此嘉客即命酌欵若夙好察其意似甚鄙邱邱仰與攀談輒傲不爲禮彭代爲之慚故撓亂其辭請先以俚歌侑飲乃仰天再咳歌扶風豪士之曲相與歡笑客曰僕不能韻莫報陽春倩代者可乎彭言如教客問萊城有名妓無也彭答云無客默然良久謂齋僮曰適喚一人在門外可導入之僮出果見一女子逡巡戶外引之入年二八已來宛然若仙彭驚絕掖坐衣柳黃帔香溢四座客便慰問千里頗煩跋涉也女含笑唯唯彭異之便致研詰客曰貴鄉苦無佳人適於西湖舟中喚

得來謂女曰適舟中所唱薄倖郎曲大佳請再反之女歌云薄倖郎牽馬洗春沼人聲遠馬聲杳江天高山月小掉頭去不歸庭中生白曉不怨別離多但愁懽會少眠何處勿作隨風絮便是不封侯莫向臨邛去客於襪中出玉笛隨聲便串曲終笛止彭驚歎不已曰西湖至此何止千里咄嗟招來得非仙乎客曰仙何敢言但視萬里猶庭戶耳今夕西湖風月尤盛曩時不可不一觀也能從遊否彭留心欲覘其異諾言幸甚客問舟乎騎乎彭思舟坐爲逸答言願舟客曰此處呼舟較遠天河

中當有渡者乃以手向空招曰船來船來我等要西湖去不吝償也無何彩船一隻自空飄落煙雲繞之衆俱登見一人持短棹棹末密排修翎形類羽扇一搖則清風習習舟漸上入雲霄望南游行其駛如箭踰刻舟落水中但聞絃管敖曹鳴聲嘈聒出舟一望月印煙波游船成市榜人罷棹任其自流細視眞西湖也客於艙後取異肴佳釀懽然對酌少間一樓船漸近相傍而行隔窗以窺中有二三人圍棋喧笑客飛一觥向女曰引此送君行女飲間彭依戀徘徊惟恐其去蹴之以足女斜波送盼彭益動情要後期女曰如相見愛但問娟娘名字無不知者客即以彭綾巾授女曰我爲若代訂三年之約即起托女子於掌中曰仙乎仙乎乃扳鄰窗捉女入窗窗眼數寸女伏身蛇遊而進殊不覺隘俄聞鄰船曰娟娘醒矣舟即盪去遙見舟已就泊舟中人紛紛並去游興頓消遂與客言欲一登岸略同眺矚纔作商摧舟已自攏因而離舟翔步覺有里餘客後至牽一馬來令彭捉之即復去曰待再假兩馬來久之不至行人已稀仰視斜月西轉天色向曙邱亦不知何往捉馬營營

進退無主振轡至泊舟所則人船俱失念腰橐空匱倍
益憂皇天大明見馬上有小錯囊探之得白金三四兩
買食凝待不覺向午計不如暫訪娟娘可以徐察邱耗
比訊娟娘名字並無知者興轉蕭索次日遂行馬調良
幸不蹇劣半月始歸方三人之乘舟而上也齋僮歸白
主人已仙去舉家哀涕謂其不返彭繫馬而入家人驚
喜集問彭始具白其異因念獨還鄉井恐邱家聞而致
詰戒家人勿播語次道馬所由來衆以仙人所遺便悉
詣廐驗視及至則馬頓渺但有邱生以草韁縶櫪邊駭

極呼彭出視見邱垂首棧下面色灰死問之不言兩目
啟閉而已彭大不忍解伏榻上若喪魂魄灌以湯酏稍
稍能咽中夜少蘇急欲登廁扶掖而往下馬糞數枚又
少飲啜始能言彭就榻研問之邱云下船後彼引我閒
語至空處戲拍項領遂迷悶顛踣伏定少刻自顧已馬
心亦醒悟但不能言耳是大恥辱誠不可以告妻子乞
勿洩也彭諾之命僕馬馳送歸彭自是不能忘情於娟
娘又三年以姊丈判揚州因往省視州有梁公子與彭
通家開筵邀飲即席有歌姬數輩俱來祗謁公子問娟

娘家人白以病公子怒曰婢子聲價自高可將索子繫之來彭聞娟娘名驚問其誰公子云此倡女廣陵第一人緣有微名遂倨而無禮彭疑名字偶同然突突自急極欲一見之無何娟娘至公子盛氣排數彭諦視眞中秋所見者也謂公子曰是與僕有舊幸垂原恕娟娘向彭審顧似亦錯愕公子未遑深問即命行觴彭問薄倖郎曲猶記之否娟娘更駭目注移時始度舊曲聽其聲宛似當年中秋時酒闌公子命侍客寢彭捉手曰三年之約今始踐耶娟娘曰昔日從人泛西湖飲不數卮忽

若醉朦朧間被一人携去置一村中一僮引妾入席中三客君其一焉後乘船至西湖送妾自窗欞歸把手殷殷每所凝念謂是幻夢而綾巾宛在今猶什襲藏之彭告以故相共歎咤娟娘縱體入懷哽咽而言曰仙人已作良媒君勿以風塵可棄遂捨念苦海人彭曰舟中之約一日未嘗去心卿儻有意則瀉囊貨馬所不惜耳詰旦告公子又稱貸於別駕千金削其籍携之以歸偶至別業猶能認當年飲處云

異史氏曰馬而人必其爲人而馬者也使爲馬正恨其

不爲人耳獅象鶴鵬悉受鞭策何可謂非神人之仁愛之乎卽訂三年約亦渡苦海也

新郎

江南梅孝廉耦長言其鄉孫公爲德州牧鞫一奇案初村人有爲子娶婦者新人入門戚里畢賀飲至更餘新郎出見新婦炫裝趨轉舍後疑而尾之宅後有長溪小橋通之見新婦渡橋逕去益疑呼之不應遥以手招壻壻急趁之相去盈尺而卒不可及行數里入村落婦止謂壻曰君家寂寞我不慣住請與郎暫居妾家數日便同歸省言已抽簪扣扉軋然有女僮出應門婦先入不得已從之旣入則岳父母俱在堂上謂壻曰我女少嬌慣未嘗一刻離膝下一旦去故里心輒戚戚今同郎來甚慰係念居數日當送兩人歸乃爲除室牀褥備具遂居之家中客見新郎久不至共索之室中惟新婦在不知壻之所往由此遐邇訪問並無耗息翁媼零涕謂其必死將半載婦家悼女無偶遂請於村人父欲別醮女村人父益悲曰骸骨衣裳無可驗證何知吾兒遂爲異物縱其奄喪周歲而嫁當亦未晩胡爲如是急也婦父

益銜之訟於庭孫公怪疑無所措力斷令待以三年存案遣去村人子居女家家人亦相忻待每與婿議歸婿亦諾之而因循不即行積半年餘中心徘徊萬慮不安欲獨歸而婦固留之一日合家遑遽似有急難倉卒謂婿曰本擬三二日遣夫婦偕歸不意儀裝未備忽遘閔凶不得已即先送郎還於是送出門旋踵急返周旋言動頗甚草草方欲覓途行回視院宇無存但見高塚大驚尋路急歸至家歷言端末因與投官陳訴孫公拘婦父諭之送女于歸始合巹焉

仙人島

王勉字黽齋靈山人有才思累冠文場心氣頗高善誚罵多所陵折偶遇一道士視之曰子相極貴然被輕薄孽折除幾盡矣以子智慧若反身修道尚可登仙籍王嗤曰福澤誠不可知然世上豈有仙人道士曰子何見之卑無他求即我便是仙耳王益笑其誣道士曰我何足異能從我去眞仙數十可立見之問在何處曰咫尺耳遂以杖夾股閒即以一頭授生令如已狀囑合眼呵曰起覺杖粗於五斗囊淩空翕飛潛捫之鱗甲齒齒焉

駭懼不敢復動移時又呵曰止即抽杖去落巨宅中重樓延閣類帝王居有臺高丈餘臺上殿十一楹宏麗無比道士曳客上即命僮子設筵招賓殿上列數十筵鋪張炫目道士易盛服以伺少頃諸客自空中來所騎或龍或虎或鸞鳳不一其類又各攜樂器有女子有丈夫皆赤其兩足中獨一麗者跨彩鳳宮樣妝束有侍兒代抱樂具長五尺以來非琴非瑟不知何名酒既行珍肴雜錯入口甘芳並異常饈王默然寂坐惟目注麗者心愛其人而又欲聞其樂竊恐其終不一彈也酒闌一叟

倡言曰嘗蒙崔眞人雅召今日可云盛會自宜盡懽請以器之同者共隊爲曲於是各合配旅絲竹之聲響徹雲漢獨有跨鳳者樂伎無偶羣聲既歇侍兒始啟繡囊橫陳几上女乃舒玉腕如擫箏狀其亮數倍於琴烈足開胸柔可蕩魄彈半炊許合殿寂然無有欬者既闋鏗爾一聲如擊清磬共贊曰雲和夫人絕調哉大衆皆起告別鶴唳龍吟一時並散道士設寶榻錦衾備王寢處王初睹麗人心情已動聞樂之後涉想尤勞念已才調自合芥拾青紫富貴後何求弗得頃刻百緒亂如蓬麻道

士似已知之謂曰子前身與我同學後緣意念不堅遂墮塵網僕不自他於君實欲拔出惡濁不料迷晦已深夢夢不可提悟今當送君行未必無復見之期然作天仙須再刼矣遂指階下長石令閉目坐堅囑無視已乃以鞭驅石石飛起風聲灌耳不知所行幾許忽念下方景界未審何似隱將兩眸微開一綫則見大海茫茫渾無邊際大懼卽復合而身已隨石俱墮砰然一聲汩沒若鷗幸夙近海畧諳泅浮聞人鼓掌曰美哉跌乎危殆方急一女子援登舟上且曰吉利吉利秀才中溼矣視

之年可十七八顏色艷麗王出水寒慄求火燎衣女子言從我之家當爲處置苟適意勿相忘王曰是何言哉我中原才子偶遭狼狽過此圖以身報何但不忘女子以棹催艇疾如風雨俄已近岸於艙中攜所采蓮花一握導與俱去半里入村見朱戶南開進歷數重門女子先馳入少間一丈夫出是四十許人揖王升階命侍者取冠袍襪履爲王更易旣詢邦族王曰某非相欺才名畧可聽聞崔眞人切切眷愛招昇天闕自分功名反掌以故不願棲隱丈夫起敬曰此名仙人島遠絶人世文若

姓桓世居幽僻何幸得覩名流因而殷勤置酒又從容而言曰僕有二女長者芳雲年十六矣祗今未遭良匹欲以奉侍高人如何王意必采蓮人離席稱謝桓命於鄉黨中招二三齒德來顧左右立喚女郎無何異香濃射美姝十餘輩擁芳雲出光艷明媚若芙蕖之映朝日拜已卽坐羣姝列侍則采蓮人亦在焉酒數行一垂髫女自內出僅十餘齡而姿態秀曼笑依芳雲肘下秋波流動桓曰女子不在閨中出作何務乃顧客曰此綠雲卽僕幼女頗慧能記典墳矣因令對客吟詩遂誦竹枝詞三章嬌婉可聽便令傍姊隅坐桓因謂王郎天才宿搆必富可使鄙人得聞教否王慨然誦近體一作顧盼自雄中二句云一身剩有鬚眉在小飲能令塊磊消鄰叟再三誦之芳雲低告曰上句是孫行者離火雲洞下句是豬八戒過子母河也一座鼓掌大笑桓請其他王述水鳥詩云潴頭鳴格磔忽忘下句甫一沉吟芳雲向妹呫呫耳語遂掩口而笑綠雲告父曰渠爲姊夫續下句矣云狗腚響弸巴合席粲然王有慙色桓顧芳雲怒之以目王色稍定桓復請其文藝王意世外人必不知

八股業乃炫其冠軍之作題爲孝哉閔子騫二句破云聖人贊大賢之孝綠雲顧父曰聖人無字門人者孝哉一句卽是人言王聞之意興索然桓笑曰童子何知不在此只論文耳王乃復誦每數句姊妹必相耳語似有月旦之詞但嚅囁不可辨王誦至佳處兼述文宗評語有云字字痛切綠雲告父曰姊云宜删切字衆都不解桓恐其語嫚不敢研詰王誦畢又述總評有云羯鼓一撾則萬花齊落芳雲又掩口語妹兩人皆笑不可仰綠雲又告曰姊云羯鼓當是四撾衆又不解綠雲啟口欲

言芳雲忍笑訶之曰婢子敢言打煞矣衆大疑互有猜論綠雲不能忍乃曰去切字言痛則不通鼓四撾其云不通又不通也衆大笑桓怒訶之因而自起泛卮謝不遑王初以才名自詡目中實無千古至此神氣沮喪徒有汗淫桓諛而慰之曰適有一言請席中屬對焉王子身邊無有一點不似玉衆未措對綠雲應聲曰駝翁頭上再着半夕卽成龜芳雲失笑呵手扭脇肉數四綠雲解脫而走回顧曰何預汝事汝罵之頻頻不以爲非寧他人一句便不許耶桓叱之始笑而去鄰叟辭別諸婢

導夫妻入內寢燈燭屏榻陳設精備又視洞房中牙籤滿架靡書不有略致問難響荅無窮王至此始覺望洋堪羞女喚明璫則釆蓮者趨應出是始識其名屢受詢辱自恐不見重於閨門幸芳雲語言雖虐而房幃之內猶相愛好王安居無事輒吟哦女曰妾有良言不知肯嘉納否問何言曰從此不作詩亦藏拙之一道也王大慚遂絕筆久之與明璫漸狎告芳雲曰明璫與小生有拯命之德願少假以辭色芳雲許之每作房中之戲招與共事兩情益篤時色授而手語之芳雲微覺責詞疊

加王惟喋喋強自解免一夕對酌王以爲寂勸招明璫芳雲不許王曰卿無書不讀何不記獨樂樂數語芳雲曰我言君不通今益驗矣句讀尚不知耶獨要乃樂於人要問樂孰要乎曰不一笑而罷適芳雲姊妹赴鄰女之約王得閒急引明璫綢繆備至當晚覺小腹微痛痛巳而前陰盡縮大懼以告芳雲雲笑曰必明璫之恩報矣王不敢隱實供之芳雲曰自作之殃實無可以方略既非痛癢聽之可也數日不瘳憂悶寡歡芳雲知其意亦不問訊但凝視之秋水盈盈朗若曙星王曰卿所謂

胷中正則眸子瞭焉芳雲笑曰卿所謂胷中不正則瞭子眸焉蓋沒有之沒俗讀似眸故以此戲之也王失笑哀求方劑曰君不聽良言前此未必不疑妾爲妒不知此婢原不可近曩實相愛而君若東風之吹馬耳故唾棄不相憐無已爲若治之然醫師必審患處乃探衣而咒曰黃鳥黃鳥無止于楚王不覺大笑笑已而瘳踰數月王以親老子幼每切懷思以意告女女曰歸卽不難但會合無日耳王涕下交頤哀與同歸女籌思再三始許之桓翁張筵祖餞綠雲提籃入曰姊姊遠別莫可持

贈恐至海南無以爲家夙夜代營宮室勿嫌草創芳雲拜而受之近而諦視則用細草製爲樓閣大如欖小如橘約二十餘座每座梁棟榱題歷歷可數其中供帳牀榻類麻粒焉王兒戲視之而心竊歎其工芳雲曰實與君言我等皆是地仙因有宿分遂得陪從本不欲踐紅塵徒以君有老父故不忍違待父天年須復還也王敬諾桓問陸耶舟耶王以風濤險願陸出則車馬已候於門謝別言邁行踪鶩駛俄至海岸王心慮其無途芳雲出素練一疋望南拋去化爲長堤其濶數丈瞬息馳過

堤亦漸收至一處潮水所經四望遼邈芳雲止勿行下車取籃中草具偕明璫數輩布置如法轉眼化爲巨第並入解裝則島中居無少差殊洞房內几榻宛然時已昏暮因止宿焉早旦命王迎養王命騎趨詣故里至則居宅已屬他姓問之里人始知母及妻皆已物故惟老父尚存子善博田產並盡祖孫莫可棲止暫僦居於西村王初歸時尚有功名之念不恝於懷及聞此況沉痛大悲自念富貴縱可攜取與空花何異驅馬至西村見父衣服滓敝衰老堪憐相見哭各失聲問不肖子則賭

未歸王乃載父而還芳雲朝拜已燂湯請浴進以錦裳寢以香舍又遙致故老與之談讌享奉過於世家子一日尋至其處王絕之不聽入但予以廿金使人傳語曰可持此買婦以圖生業再來則鞭撻立斃矣子泣而去王自歸不甚與人通禮然故人偶至必延接盤桓撝抑過於平日獨有黃子介夙與同門學亦名士之坎坷者王留之甚久時與密語賂遺甚厚居三四年王翁卒王萬錢卜兆營葬盡禮時子已娶婦婦束男子嚴子賭亦少間矣是日臨喪始得拜識姑嫜芳雲一見許其能家

賜三百金爲田產之費翼日黃及子往省視則舍宇全渺不知所在

異史氏曰佳麗所在人且於地獄中求之況享壽無窮乎地仙許攜姝麗恐帝闕下虛無人矣輕薄減其祿籍理固宜然豈仙人遂不之忌哉彼婦之口抑何其虐也

胡四娘

程孝思劍南人少慧能文父母俱早喪家赤貧無衣食業求傭爲胡銀臺司筆札胡公試使文大悅之曰此不長貧可妻也銀臺有三子四女皆褓中論親於大家止

有少女四娘孽出母早亡笄年未字遂贅程或非笑之以爲惛髦之亂命而公弗之顧也除館館生供備豐隆羣公子鄙不與同食僕婢咸揶揄焉生默默不較長短研讀甚苦衆從旁厭譏之程讀弗輟羣又以鳴鉦鍠聒其側程攜卷去讀於閨中初四娘之未字也有神巫知人貴賤徧觀之都無諛詞惟四娘至乃曰此眞貴人也及贅程諸姊妹皆呼之貴人以嘲笑之而四娘端重寡言若罔聞知漸至婢媼亦率相呼四娘有婢名桂兒意頗不平大言曰何知吾家郎君便不作貴官耶二姊聞

而嗤之曰程郎如作貴官當抉我眸子去桂兒怒而言曰到爾時恐不捨得眸子也二姊有婢春香曰二娘食言我以兩睛代之桂兒益恚擊掌爲誓曰管教兩丁盲也二姊忿其語侵立批之桂兒號譁夫人聞知卽亦無所可否但微哂焉桂兒譟訴四娘四娘方績不怒亦不言績自若會公初度諸壻皆至壽儀充庭大婦嘲四娘曰汝家祝儀何物二婦曰兩肩荷一口四娘坦然殊無慙怍人見其事事類癡愈益狎之獨有公愛妾李氏三姊所自出也恒禮重四娘往往相顧恤每謂三娘曰四

娘內慧外樸聰明渾而不露諸婢子皆在其包羅中而不自知況程郎晝夜攻苦夫豈久爲人下者汝勿效尤宜善之他日好相見也故三娘每歸寧輒加意相懽是年程以公力得入邑庠明年學使科試士而公適薨程縗哀如子未得與試既離苫塊四娘贈以金使趨入遺才籍囑曰曩久居所不被呵逐者徒以有老父在今萬分不可矣倘能吐氣庶回時尚有家耳臨别李氏及三娘賂遺優厚程入闈砥志研思以求必售無何放榜竟被黜願乖氣結難於旋里幸囊資小泰攜囊入都時妻

黨多任京秩恐見誚訕乃易舊名詭托里居求潛身於
大人之門東海李蘭臺見而器之收諸幕中資以膏火
爲之納貢使應順天舉連戰皆捷授庶吉士自乃實言
其故李公假千金先使紀綱赴劍南爲之治第時胡大
郎以父亡空匱貸其沃墅因購焉既成後遣輿馬往迎
四娘先是程擢第後有郵報者舉宅皆惡聞之又審其
名字不符叱去之適三郎完婚戚眷登堂爲餪姊妹諸
姑咸在獨四娘不見招於兄嫂忽一人馳入呈程寄四
娘函信兄弟發視相顧失色筵中諸眷客請見四娘姊

妹惴惴惟恐四娘銜恨不至無何翩然竟來申賀者捉
坐者寒暄者喧雜滿屋耳有聽聽四娘目有視視四娘
口有道道四娘也而四娘凝重如故衆見其靡所短長
稍就安帖於是爭把盞酌四娘方宴笑間門外啼號甚
急羣致怪問俄見春香奔入面血沾染共詰之哭不對
二娘訶之始泣曰桂兒逼索眼睛非解脫幾抉去矣二
娘大慚汗粉交下四娘漠然合座寂無一語客始告別
四娘盛妝獨拜李夫人及三姊出門登車而去衆始知
買墅者即程也四娘初至墅什物多闕夫人及諸郎各

大小罔不詬詈李夫人亦謂其忍逾數日二郎釋放寧家衆大喜方笑四娘之徒取怨謗也俄白四娘遣价候李夫人與入僕陳金幣言夫人爲二舅事遣發甚急未遑字覆聊寄微儀以代函信衆始知二郎之歸乃程力也後三娘家漸貧程施報逾於常格又以李夫人無子迎養若母焉

僧術

黃生故家子才情頗贍夙志高鶱村外蘭若有居僧某素與分深既而僧雲遊去十餘年復歸見黃歎曰謂君

騰達久今尚白紵耶想福命固薄耳請爲君賄冥中主者能置十千否答言不能僧曰請勉辦其半餘當代假之三日爲約黃諾之竭力典質如數三日僧果以五千來付黃黃家舊有汲井水深不竭云通河海僧命束置井邊戒曰約我到寺卽推墮水中候半炊時有一錢泛起當拜之乃去黃不解何術轉念效否未定而十千可惜乃匿其九而以一千投之少間巨泡突起鏗然而破卽有一錢浮出大如車輪黃大驚既拜又取四千投焉落下擊觸有聲爲大錢所隔不得沉日暮僧至譙讓之

曰胡不盡投黃云已盡投矣僧曰冥中使者止將一千去何以妄言黃實告之僧歎曰鄙吝者必非大器此子之命合以明經終不然科甲立致矣黃大悔求再禳之僧固辭而去黃視井中錢猶浮以綆釣上大錢乃沉是歲黃以副榜准貢卒如僧言

異史氏曰豈冥中亦開捐納之科耶十千而得一第直亦廉矣然一千准貢猶昂貴耳明經不第何值一錢

柳生

周生順天宦裔也與柳生善柳得異人傳相人之術嘗

謂周曰子功名無分萬鍾之貲尚可以人謀然尊閫薄相恐不能佐君成業未幾婦果亡家室蕭條不可聊賴因詣柳將以卜姻入客舍坐良久柳歸內不出呼之再三始出曰我日為君物色佳偶今始得之適在內作小術求月老繫赤繩耳周喜問之荅曰甫有一人攜囊出遇之否曰遇之襤褸若丐曰此君岳翁宜敬禮之周曰緣相交好遂謀隱密何相戲之甚也僕即式微猶是世裔何至下昏於市儈柳曰不然犁牛尚有子何害周問曾見其女耶曰未也我素與無舊姓名亦問訊知之周

笑曰尚未知犁牛何知其子柳曰我以數信之其人宛
而賤然當生厚福之女但强合之必有大厄容復禳之
周既歸未肯以其言爲信諸方覓之迄無一成一日柳
忽至曰有一客我已代折簡矣問爲誰曰但無問宜速
作黍周不諭其故如命治具俄客至蓋傅姓營卒也心
內不合陽浮道與之而柳生承應甚恭少間酒肴既陳
以雜惡草具進柳起告客公子嚮慕已久每託某代訪
曩昔始得晤又聞不日遠征立刻相邀可謂倉卒主人
矣飲間傅憂馬病不可騎柳亦俯首爲之籌思既而客

去柳讓周曰千金不能買此友何以視之漠漠借馬騎
歸因假周命登門持贈傅周既知稍稍不快已無如何
過歲將如江西投臬司幕詣柳問卜柳言大吉周笑曰
我意無他但薄有所獵當購佳婦幾幸前言之不驗也
能否柳曰竝如君願及至江西值大寇叛亂三年不得
歸後稍平選日遄路中途爲土寇所掠同難七八人皆
刼其金貲釋令去惟周被虜至巢盜首詰其家世因曰
我有息女欲奉箕帚當卽勿辭周不荅盜怒立命梟斬
周懼思不如暫從其請因從容而棄之遂告曰小生所

以踟躕者以文弱不能從戎恐益爲丈人累耳如使夫婦得相將俱去恩莫厚焉盜曰我方憂女子累人此何不可從也引入內妝女出見年可十八九蓋天人也當夕合巹深過所望細審姓氏乃知其父卽當年荷囊人也因述柳言爲之感歎過三四日將送之行忽大軍掩至全家皆就執縛有將官三員監視已將婦公斬訖尋次及周周自分已無生理一員審視曰此非周某耶蓋傅卒已以軍功授副將軍矣謂僚曰此吾鄉世家名士安得爲賊解其縛問所從來周詭曰適江臯娶婦而歸

不意途陷盜窟幸蒙拯救德戴二天但室人離散求借洪威更賜瓦全傳命列諸俘令其自認得之餉以酒食助以資斧曰曩受解驂之惠旦夕不忘但搶攘間不遑修禮請以馬二匹金五十兩助君北旋又遣二騎持信矢護送之途中女告周曰癡父不聽忠告母氏死之知有今日久矣所以偷旦暮者以少時曾爲相者所許冀他日能收親骨耳某所窖藏巨金可以發贖父骨餘者攜歸尚足謀生囑騎者候於路兩人至舊處廬舍已燼於灰火中取佩刀掘尺許果得金盡裝入槖乃返以百

金賂騎者使瘞翁尸又引拜母塚始行至直隸界厚賜騎者而去周久不歸家人謂其已死恣意侵冒粟帛器具蕩無所存及聞主人歸大懼鬨然盡逃有一嫗一婢一老奴在焉周以出死得生不復追問及訪柳則不知所適矣女持家逾於男子擇醇篤者授以貲本而均其息每諸商會計於簷下女垂簾聽之盤中悞下一珠輒指其訛內外無敢欺數年夥商盈百家數十巨萬矣乃遣人移親骨厚葬之

異史氏曰月老可以賄囑無怪媒妁之同於牙儈矣乃盜也有是女耶培塿無松柏此鄙人論耳婦人女子猶失之況以相天下士哉

聶政

懷慶潞王有昏德時行民間窺見女子輒奪之有王生妻為王所睹遣輿馬直入其第女子號泣不伏強舁而出王亡去隱身聶政之墓冀妻經過此得一遙訣無何妻至望見夫大哭投地王惻動心懷不覺失聲從人知其王生執之將加搒掠忽墓中一丈夫出手握白刃氣甚威猛厲聲曰我聶政也良家子豈容強占念汝輩非

所自由姑且宥恕寄語無道主若不改行不日將決其首衆大駭棄車而走丈夫亦入墓中而沒夫妻叩墓歸猶懼王命復臨過十餘日竟無消息心始安王自此淫威亦少殺云

異史氏曰余讀刺客傳而獨服膺於軹深井里也其銳身而報知己有豫之義白晝而殺卿相有鱄之勇皮面自刑不累骨肉有曹之智至於荆軻力不足以謀無道秦遂使絕裾而去自取滅亡輕借樊將軍之頭何日可能還也此千古之所恨而聶政之所嗤者矣聞之野史

其墳見掘於羊左之鬼果爾則生不成名死猶喪義其視聶之抱義憤而懲荒淫者爲人之賢不肖何如噫聶之賢於此益信

二商

莒人商姓者兄富而弟貧鄰垣而居康熙間歲大凶弟朝夕不自給一日日向午尚未舉火枵腹蹀踱無以爲計妻令往告兄商曰無益脫兄憐我貧也當早有以處此矣妻固強之商使其子往少頃空手而返商曰何如哉妻詳問阿子云何子曰伯躊躇目視伯母伯母告我

曰兄弟析居有飯各食誰復能相顧也夫妻無言暫以殘盎敗榻少易糠粃而生里中三四惡少窺大商饒足夜踰垣入夫妻驚寤鳴盥器而號鄰人共嫉之無援者不得已疾呼二商商聞嫂鳴欲趨救妻止之大聲對嫂曰兄弟析居有禍各受誰復能相顧也俄盜破扉執大商及婦炮烙之呼聲萋慘二商曰彼固無情焉有坐視兄死而不救者率子越牆大聲疾呼二商父子故武勇人所畏懼又恐驚致他援盜乃去視兄嫂兩股焦灼扶榻上招集婢僕乃歸大商雖被創而金帛無所亡失謂

妻曰今所遺留悉出弟賜宜分給之妻曰汝有好兄弟不受此苦矣商乃不言二商家絕食謂兄必有以報久之寂不聞婦不能待使子捉囊往從貸斗粟而返婦怒其少欲反之二商止之踰兩月貧餒愈不可支二商曰今無術可以謀生不如鬻宅於兄兄恐我他去或不受券而恤焉未可知縱或不然得餘金亦可存活妻以爲然遣子操券詣大商大商告之婦且曰弟即不仁我手足也彼去則我獨立不如反其券而周之妻曰不然彼言去挾我也果爾則適墮其謀世間無兄弟者便都死

御卬我高葺牆垣亦足自固不如受其劵從所適亦可以廣吾宅計定令二商押署劵尾付直而去二商於是徙居鄰村鄉中不逞之徒聞二商去又攻之復執大商搒楚並兼梏毒慘至所有金貲悉以贖命盜臨去開廩呼村中貧者恣所取頃刻都盡次日二商始聞及奔視則兄已昏憒不能語開目見弟但以手抓席而已少頃遂死二商忿訴邑宰盜首逃竄莫可緝獲盜粟者百餘人皆里中貧民州守亦莫如何大商遺幼子纔五歲家既貧往往自投叔所數日不歸送之歸則涕不止二商

婦頗不加青眼二商曰渠父母不義其子何罪因市蒸餅數枚自送之過數日又避妻子陰負斗粟與嫂使養兒如此以爲常又數年大商賣其舊宅嫂得直足自給二商乃不復至後歲大饑道殣相望二商食指益繁不能他顧姪年十五荏弱不能操業使携籃從兄貨胡餅一夜夢兄至顏色慘戚曰余惑於婦言遂失手足之義弟不念前嫌增我汗羞所賣故宅今尚空閒宜僦居之屋後蓬顆下藏有窖金發之可以小阜使醜兒相從長舌婦余甚憾之勿顧也既醒異之以重直啗第主始得

就果發得五百金從此棄賤業使兄弟設肆廛間姪頗慧記算無訛又誠慤凡出入一錙銖必告二商益愛之一日泣謂母請粟商妻欲勿與二商念其孝按月廩給之數年家益富大商婦病死二商亦老乃析姪家貲割半與之

異史氏曰聞大商一介不輕取予亦狷潔自好者也然婦言是聽憒憒不置一辭恝情骨肉卒以客死嗚呼亦何怪哉二商以貧始以素封終爲人何所長但不甚遵閫教嗚呼一行不同而人品遂異

祿數

某顯者多爲不道夫人每以果報勸諫之殊不聽信適有方士能知人祿數詣之方士熟視曰君再食米二十石麵二十石天祿乃終歸語夫人計一人終年僅食麵二石尚有二十餘年天祿豈不善所能絕耶橫如故逾年忽病除中食甚多而旋飢一晝夜十餘餐未及周歲死矣

聊齋志異卷八終